目次

遺伝子の舟

栽培実習

ぬかるみの強き畑に散らばって生徒らの撒く堆肥のにおい

湿り気の残る堆肥を一斉にまけば華やぐ大地の匂い

明日もまた勤務日となる金曜に種まく土を混ぜて過ごせり

休日も勤務日となる「・・・」無言で土をかき混ぜている

種売りの青年一人夕暮れの職員室に種もちて来ぬ

てのひらに種を落とせり宿題は「実り豊かな夏を迎えよ」

若さゆえの過ちもあり植え終えた胡瓜にトマトと名づけし生徒

新月の夜更けに土をかき分けてゾンビのごとき胡瓜の発芽

音を出すのみの口より少しずつ声となりゆく雨垂れの音

発芽した胡瓜の青き葉に触れてまことのごとき嘘を説きおり

診断書一枚記す「発芽せず土にうもれて死にたるキュウリ」

にぎやかな兄弟ならん苗床のひとつを選ぶ長男我は

虫喰いの胡瓜の苗を捨てながら叶わぬ恋の歌をうたえり

抵抗を示す胡瓜の白きトゲ人に飼われぬ時代もあった

ピラニアに噛まれたような痛みだと言いて右手を押さえる生徒

形よく実らず曲がり肥大した胡瓜は我の背骨のひとつ

かつて通いし峠の形　青々と胡瓜の枝の広がりて朝

ミツバチがキュウリの花を訪れぬ　やがて役目を終える雄花に

収穫の時期を逃して黒々と重く負担となりて下がれり

永久に今を留めて置くもよし真白き貝の化石を拾う

生物工学

産みたての朝の光を培養し夜毎グラスに入れて飲むべし

最初はグーじゃんけんほいで遺伝子の発現率は変化しており

農学の神と呼ばれし栄光もエンターキーの欠けたる一部

多数派になればお得なクーポンが貝殻虫のように付きます

女性器のごとく湿りしペチュニアの花殻を摘む業務は明日

帰る地は今さらないが摩耶蘭（まやらん）の根茎白き切片を切る

天を仰ぐ亡者の細き手のごとしカップの中に芽吹く花蓮

画家となる夢も今更あきらめてウツボカズラに虫を喰わせる

初恋の記憶のごとく曖昧に泳ぐクラゲのかなしき日々ぞ

答えられぬ問題ばかりの夕暮れは細胞壁がばりばり滅ぶ

まだ青き畳の上に転がりて自暴自棄なる菓子の空箱

電源の落ちたるような顔をして抗生剤を花に吸わせる

培養液の中に緑の細胞が脈打ちながら芽吹き始めぬ

八月の地面に落ちた花影が我より人間らしく思える

今日もまた「一番暑い夏」なので根の国へ避暑を考えている

天界は今日も晴れなり空に浮く城を探して窓際にゆく

息すれば我が出てゆき汗かけば我が流れぬ　我は宇宙だ！

殺人も自殺もできず真夜中にダウンロードを繰り返しおり

結局は命になれぬ実験用の未分化の細胞が成長をする

鶏卵を床に落とせばうかつにも宇宙が生れはじめて夕陽

パンジーの幾万本も廃棄されて週末明るい死で満ちている

夕暮れは真夏の空に広がりて傾きながらギギと音する

エントロピーは我が内にあり肌寒き朝に緑茶を飲み込むところ

けだものの頭蓋の前に一人立ち失うことの意味を聞きたし

植物の殺菌作業する時に消灯時間を告げる声する

ここだけが小さく汚染されていて芽の細胞が崩れゆくなり

充電を忘れたままに家を出てプレパラートに酵母を垂らす

見上げれば空一面に銀色の魚の群れが過ぎ行くところ

海底に寄り集まってひっそりと魚が葬儀の歌をうたえり

今日もまたおんなじ事の繰り返し　砂に転がる緑色片岩

農業教育概論

脳内にイルカの泳ぐ新学期　朝から試験の準備しており

今日もまた仕事に行かん日蝕の朝の光を背に浴びながら

指導者と呼ばれてますが革命も解放もせず農場に立つ

塩分の定量実験するためにぬばたまの夜の海水を汲む

満月の光を背後に浴びながら培養液をビーカーに取る

黒々と拡がる天上浮かびおる月に嫦娥（じょうが）の足音ひびく

一秒前の姿を示す月面の光に揺らぐビーカーの水

透明な培地の上に殖えてゆく吐血の色のような粘菌

植え込みのまばらに枯れたツゲの木と劣等生に親しみを持つ

科学にて生まれしクローン夜桜の花びらを踏みてゆく月明かり

一モルの酸素を吸えば満たされて我も大気の一部と思う

高貴なる顔の女生徒平然と新雪白きレポートを出す

自らの不幸を記す日記閉じ寒き職場を去る支度する

塩分の分析実験終えた後の廃液白く空に繋がる

放課後の水をレンズで眺めれば覚悟よろしきミジンコの群れ

海底の小さき魚を瓶に詰め標本として教室に置く

これはおそらく鯨の顎の骨でしょう机の上に死が広がりぬ

いにしえの鮫の歯を売る店の奥　魔法使いの末裔がいる

楢の木は椎茸菌を育んでじわりじわりと朽ちてゆくなり

烏より黒き和牛が売られゆく生徒の群れに手を振られつつ

足病みの牛は車に乗せられてどこか遠くへ連れられて行く

生徒らの実習後の静寂の牛舎の隅に反芻の音

農業に明日はあるかという問いに芋虫はただ黙秘で返す

書類の不備を指摘されたる夕暮れに地中に潜む蛹（さなぎ）となれり

手のひらに呪文のごとき数列を書けばいきなりくらむ目の前

枯れ果てた麦の一叢　とぼとぼと歩きゆくなり青年教師

広告の「春」という字を切り抜いて密かに埋めし生物部員

「三階の廊下の奥のあの部屋は夜毎女の霊が出るのだ」

校庭のメタセコイアの木の下に見慣れぬ獣が今日も来ている

引退を宣告されたチョークらを集めて最期は粉々にする

草引きを終へた生徒が振り返り「先生僕に母はいないよ」

夏風邪をこじらせながら通勤の車にて飲むアイスコーヒー

採卵鶏のケージのごとし教師らが職員室に昼飯を喰う

夜更けて原発語る教師らの輪よりはなれて茂吉を読むも

食べ終えしリンゴの種を埋める時病みて死にたる教師を思う

恋愛を語る女生徒　煩悩と呼ばれる遺伝情報のあり

栽培基礎実習

五限目のチャイムが鳴って作業着の少女の群れが日を浴びている

新任の教師が赤きペチュニアの花殻を摘む温室の中

戦前の生物学の辞書のなかに取り残された金魚の写真

イオン結合図解の用紙飛行機に化けて夕べの床に落ちたり

花苗を配達すればむずむずと小雨のように口笛を吹く

地中より抜かれし大根深々と皺を刻みて初老の紳士

オニバスの鋭き棘は葉の裏にかくれて水面を突き刺している

温室の傍で捕らえし山繭蛾　翌日教授が標本となす

その他は全て枯らしてしまえども庭石菖は特別に置く

一切の書類にペンを入れぬまま無人島へと逃げ出したきを

学生の手鏡割れる冬の日に氷の池に石を投げたり

田のぬるき水を掬えばひとつ目のミジンコは手の中に泳げり

終末を告げる天使の形したプランクトンを容器に移す

熱を持つ試薬に水を足しながら別れ話に相づちを打つ

弘法麦を踏みながらゆく砂浜は黒々寒き雨を吸い込む

生徒らと雨降り止まぬ砂浜を歩めば重き鮟鱇となる

ふるさとは古新聞の中にある小さき記事のごときぬくもり

透明な唾液垂らして草を食む牛の体を撫でて帰りぬ

耕作放棄の田畑に茂る青草を音たてて刈る老一人居り

男らがビニールハウスに集まりてファレノプシスの花と受精す

田の穴に捨てられているトマトらは今もかすかに息をしている

木枯らしの中にわずかに聞こえたる最終列車の発車する音

廃鶏の解体実習　教室の隅に寄り添いおびえつつ見る

友人の少ない生徒サイダーのビンに小さき蛇入れて来る

サルビアの赤より淡きビーカーの試薬の反応示すたまゆら

家庭科（独身）

真夜ふかく無人駅舎の丸椅子に腰掛けて待つ始発の列車

日なたにて甲羅干しする草亀のように孤独な一日を過ごす

木の声が聞こえるのだと三浦太郎メタセコイアの木に耳を当つ

食卓の上がさびしい三十歳いまだ家族を持たざる私

陳列のライトの光を反射させ北京ダックの静かな眠り

督促の紙より白き粉雪が家のまわりにつもりはじめる

売れ残る葉牡丹ばかりの畑より噂話が聞こえ来るなり

夏山は黒し　光を浴びながら生徒の群れが黙して登る

「だとすれば貴方の孤独は自らが招いてしまった幽霊なのか」

アナログは終わりましたと表示され画面は青き空の広がり

いつもより巨大な月に睨まれてなまずのように路地に隠れる

目の黒き犬が瞬きするたびに世界は夜に向かいゆくらし

改行の矢印長く見ておれば地下に沈んでゆく我が意識

医者のくれし人体図鑑を懐に入れて夜道を一人帰りぬ

独身寮の古き蛇口は完全に締まらずメトロの音を漏らせり

コート着た君の背中は去ってゆく高速道路を借景として

オリオンが空高々と輝いて一人白花蒲公英を摘む

鉛筆でなぞる国道ひたすらに玉の緒の長き道を進みぬ

居酒屋のマッチひと箱忍ばせて煙草を買いにゆく真似をする

音立てて新聞記事を切り抜けば羽を広げし鳥型となる

冷蔵庫の奥にひそかに落ちている江河の果てのごとき暗闇

もう一度声を聞くのか携帯の不在着信一つ残れり

海賊の歌が聞こえる再生のボタンを押したままのまどろみ

わらび餅売る声遠く響きいる出荷間際に鳴く牛のごと

ビッグバン以前の宇宙あたたかき春の日差しを受けて思えり

薄れゆく記憶の中の恋人の姿はいつも林檎の香り

害虫のごとき食欲　信濃より送られて来し林檎を囓る

一滴の中にあまたの生命が蠢いている海汲みあげる

戻り来し宛先不明のハガキより聞こえてくるのは何か芽吹きの

生物Ⅰ

立杭の碗一つ買う帰り道　父親の背の丸みを思う

テレビから嗤う声して休日は煙草の灰の崩れゆくさま

畳には畳の虫の潜みをり背を掻きながら窓を閉ざすも

さむざむと職員会議を終えし日に日暮れの色のらんちゅうを買う

快楽の植物の書をコピーして休日ははや過ぎてゆくなり

ベゴニアをトレーに詰めて「君たちの余生なんかは保証しないよ」

真夜中の電話で我を否定する声よ大蛇の腹に呑まれよ

木の影に老いた教師の独り言「日向のような人生だった」

売られゆく黒毛和牛の内にあるシャットダウンの後のくらやみ

胎内の闇より生まれたエセリシアの死骸が水に流されてゆく

死に絶えたえびの水槽片づけて「おれは今日から自由となった」

生物Ⅱ

足元の出目金の目の内側の黒々寒き田の畦をゆく

エンジンに鳥のからまる瞬間を見ることもなく暮れゆける空

菓子箱に描かれし目玉　秘め事を言わずに過ごす我を見ている

箱舟に乗れぬ種族の末裔がおまえであると言われたようだ

賑やかな音立てながら群れている磯辺の蟹のごとき渋滞

家庭科（妻帯）

結局は同じ作業の繰り返し止まることなく回るカイエビ

演奏の音に埋もれし告白を眠りの前にもう一度聞く

高々とパンのかけらを持つ妻に知識の神が集まっている

アスファルトの窪みに水の溜まりいて何の命も育まずおり

アスファルトを剝がす工事の道を越え妻は苺を買いにゆきたり

魚屋の魚はいまだ新鮮で商う人が年を経ている

手長海老のいけすに泡が生まれては消えてはじけて売られてゆけり

蛤が桶いっぱいに売られいる店の前よりさざ波の音

おがくずの中よりにゅうと現れてシャコエビの見る明るき世界

ダウンジャケットに首をうずめて目を細め風に耐えつつ君を待つべし

鼻笛を吹いてかえりぬ長月の巨大な月を睨み付けつつ

けんけんぱ　道に書かれし輪を飛んで　けんぱ　けんぱで家に帰りぬ

「目玉から草が生えても人生さ」そんな言葉が内より響く

黒々と土のリン肥を吸い上げて睡蓮あおく咲く夏休み

一つだけオレンジ買いて寒々と商店街を抜けて帰りぬ

行く雲や白きデンドロビウム咲き妻は診断結果を告げる

かわりなき試験結果を記録して黒き雨雲避けてかえりぬ

せりの花むれ咲く一本道をゆく大音量のロックンロール

父親の気持ちがポストに届けられ春の冷たい雨に濡れおり

あかあかと試薬を染める瞬間に妻は子供を宿していたり

透明なエビの肉体　子を宿す妻の肉体暖めており

満月の夜の浜辺に現れて一斉に子を放つべき蟹

里芋の青き葉のうえ水滴のレンズの中を妻が横切る

怪物の笑うタイルの絵に触れて君の笑顔を思い出しおり

鮮やかな海老の話を聞きながら洗濯物を畳みおる妻

起き上がる煩わしさを訴える妻の形のオオサンショウウオ

水ぬるき田にざわざわと産まれ来しホウネンエビの卵をいだく

たらちねの母となるべき身のうちに日ごと変化を遂げゆく妻は

サラセニアの花赤黒く咲く朝（あした）小さき猫に噛まれ目覚めぬ

社会福祉基礎

河霧の中をフェリーに乗り込みて父によく似た鳥を見にゆく

鏡台を開ければ見知らぬ世界にて顔なき母が立っているなり

ふるさとの家の扉の向こうには見知らぬ父の空間がある

まひるまの家に白菜きざむ音　見知らぬ女が母だと名乗る

マグニチュード7・0の動揺を秘めた笑顔で挨拶をする

「私は今日、新しい母に挨拶した」英語の例文みたいに記す

水槽の山椒魚がゆっくりと息継ぎをして「不幸な俺ら」

初雪のニュースをテレビで見るたびに白髪の増えしふるさとの父

未分化の細胞あるいはひとひらの雲を好みし本当の母

三人目の妻を娶れる我が父の屋根に冷たき雨が降りつつ

採り置きてありしピーマン幾日も過ぎて真っ赤に腐りはじめぬ

マザー・イン・ローと呼ぶべき人の来て家を離れる手続きをせん

熊蟬が「しろしろしろしろ」とはやし立て分籍届けを出しに来ました

長男の役柄降りて分籍の届けに「森垣」印鑑を押す

終了終了終了と鳴く油蟬　今日より我は初代「森垣」

継ぐ家のなくなり今朝は身も軽く無菌の種を播く培養土

話すこともはやあらざる父と我　荷物ひたすら片付けており

独立を勝ち取るために店を出て辞書一冊をたずさえて来し

氷山の崩れるごとき音立てて我の記憶のなかのアルバム

明るい一家離散と言われアルバムの母の写真を一枚剥がす

三人の妻を娶りし父親を鋏でちょきちょき切り取ってゆく

塩基配列のエラーもしくは新しき種の誕生としての再婚

放課後に音なく染まる指示薬と音なく進む父の再婚

立ち枯れの松ほど老いた我が父の死を見届けよ新しき母

細胞の核は無言のままにして忌むべき今日ももうすぐ終わる

離れ住む本当の母唯一の我の母なる海上の島

ＤＮＡ螺旋モデルの階段を登ればいずれ父に繋がる

包丁を秋刀魚の腹に突き立てて母を捨てたる父を思えり

培養液の青より蒼き空の下　片目の犬と過ごす母おり

出目金の黒きを砂に埋めに来て息子としての役も終えたり

燃やすべき書物を選ぶ　数冊の歌集を残しさらば！故郷

木の椅子の硬さ気になり立つ時に世界はわずかに広がり見ゆる

食品製造

十二時のサイレン鳴りて工場の暗き口より列なして出る

白カビを生やしていたるソーセージ一人食むなり金曜の午後

キッチンにセルリの青き匂いして君を待つ夜にスープ煮ており

雨音が家の中にも響きいてエスプレッソをなお苦くする

イーストの発酵進みビーカーの中に二酸化炭素を満たす

焼き菓子の包を破り真夜中に貪りながら詩を吐いている

嫌われる役に徹する潔さニシンの臭き缶詰を喰う

ビジネス基礎

失恋の歌の流れるブティックに我が祖母に似る店員の立つ

骨董を並べし店に立ち寄れば陶器の猫が見つめいる空

骨董の猫の目　深いモノクロの夏の記憶につながりゆけり

魚屋のとなりの暗い金魚屋の主は未だに行方が知れず

百円に売られし金魚の尾びれから粘りの強き波が生まれる

出目金が尾びれを振れば黒々と新月の夜が生まれるらしい

公園の遊具の一つの新幹線動くことなく春雨のなか

新幹線のかたちの遊具一生を駅も線路も知らず過ごしき

ふつふつと泡を吐きいる沢蟹が春の光を浴びて売られき

ひとひらの雲の形の串カツを何十年も揚げている店

正体不明の飲料ビンを一生涯八十円で商う翁

テナント募集の紙一枚が貼られいて夏の西日は真横より射す

足音を響かせながらシャッターの閉まった店の前を過ぎ行く

不協和音のごとく消えゆく商店の明かりのなかを家まで帰る

うらさびた商店街より帰り来て一人酒飲む結婚前夜

解剖学

水槽のモロコの群れに日の射して欠点補充の生徒を照らす

口細きワニの数匹重なりて水の中より我を見つめる

蛇の目は三日月細き形にて真夏の暑き沼へと帰る

水槽のナマズは動くこともなく居残る生徒が笑いだしたり

ライターの炎のように紅きカニ道路の隅に潰れていたり

ザリガニのハサミの間を流れゆく水の行方を我は知らざり

乳牛の強きにおいが満ちている牛舎の奥で義父は働く

夏の日の記憶の中のザリガニはあかあかと日を食べて育ちぬ

雨の降る休日寒し　電球をひとつ取り替え再び眠る

動物の本をめくれば猛獣の餌となるべき小鹿群れ飛ぶ

個と全は同じであると言いたげに鰯の群れの鱗の光

マッチにも意思はあるのか着火して激しく消える一本のあり

正体の分からぬ獣　背の穴に百円入れると進み始めぬ

熱帯を泳ぐ魚の形して我を飲み込みゆくモノレール

海色に染まず漂う鳥一羽　亡き祖母（おおはは）の国の入口

明日には明日の体　新しき朝の光を浴びるべく寝る

百の子を生む海亀の上陸を真夏の夜の砂浜に待つ

花卉園芸学

体より流れ出る水出し終えて布袋葵の渇き極まる

たまもなすオオオニバスの葉の浮けば湿度の高きガラス温室

地下街に今日もまた居る年老いた女がひとり声あげて泣く

実験の廃液あかき夕暮れやメセンの淡き花に水やる

アントシアン色素を含む葉を刻み夕餉の皿に乗せて並べつ

信号の光が青に切り替わり道に踏み出す最初の一歩

プリムラの花より赤き信号の光に映し出されて歩む

白雪はドラセナの上に降り積もり昼には溶けて葉先より落つ

あしびきの山と積まれし生徒らの失敗記すプリント寒し

生徒らの失敗作のプリントの山を運べる回収業者

じゅんさいの赤き花咲く溜池にワニの形に足を浸せり

生物活用

ミジンコの死を内側に花開くタヌキモ属の一本を取る

労働の歌を日暮れに口ずさむ生徒の父は南米に住む

なんとなく湿ったタオルのにおいして雨降る前に睡蓮を掘る

自己主張出来ずに過ごす女生徒の収穫適期を過ぎたる胡瓜

「箸にも棒にもかからん奴だ今日からは俺の周りで手伝いをしろ」

幻を見せるラッパの花咲きて花瓶に一つ妻はさしおり

収穫のできぬ高さに実る柿　取れば事件の発生となる

カトレアの幾重にも咲く温室の結露の粒が走り去りゆく

田の水はやがて静かに温もりて小動物の賑わいやまず

豊かなる明石の浜に妻と来て水辺の鳥と日を浴びており

夕暮れの海に二人で現れて蟹の気配を探し続ける

大鍋にいくつも蟹を詰め込みて日暮れの家に帰る思い出

立ち上がれ！そのまま死ぬな！足を病む鶏一羽うつむいており

かなぶんの羽音の低く響きいて校舎に夏の日は傾きぬ

山峡を列車とろとろ進み行き化粧を直す女を運ぶ

分子生物学

ＥＳ細胞講座へ行かん　あしびきの山峡をゆくバスにゆられて

研究用ハツカネズミの細胞のデータが並ぶ机の上に

暮れてゆく東の空の雲の群れ　広がってゆく菌のコロニー

やわらかな妻の腕に触れる時「赤の女王仮説」を思う

秋桜の花の色した溶液に幹細胞を育んでおり

水酸化ナトリウム液をビーカーに注ぐ真夏の昼のけだるさ

居酒屋のライターでメスの刃を焼きて治療の前の消毒とせん

硫酸銅水溶液の色をした扉に大きな鍵かけて来つ

火花散る花火の穂先　銀色のメダカの群れの逃げ去る刹那

実験は成功なれど満たされず　白衣の腕を幾度もめくる

冬日さす砂浜白き色をした菌の広がるシャーレ一枚

塩基性試薬に水を注ぎ込み放課後一人希釈している

フェノールレッドの培地ごとき赤き色　仕事終わりの帰りの空に

雨垂れの音聞きながらピペットで幹細胞の移植を終える

東より赤き月出ぬ　あの月は組織を離れ独り立つもの

月面に古代文明ありと説く本を閉じれば寒き風吹く

マッチ箱の中より脈を打つ音の響き渡りぬ培養棚に

防火用扉の閉まる音をたて一夜眠れぬままに過ごせり

新聞の星占いのさそり座の順位の悪さ極まりし朝

発泡酒飲めばたちまち足元に塩基配列ゆがみ花咲く

うら若きハツカネズミの細胞を育む赤き培養の液

ピペットの先より垂れた細胞はやがて静かに動き始めぬ

遺伝子の舟と呼ばれし肉体を今日も日暮れて湯船に浸す

研修の宿より出ればオリーブの木はいっせいに実をつけており

発達と保育

ダークマター黒き画面に現れし白き胎児が脈を打ちおり

心臓が脈を打ちをり初雪の夜の色した画面の中に

農業の歌たからかに胎内の命に向かい夜毎うたえり

もみがらの山ふかぶかと手を入れてやがて肥沃な大地か我は

月蝕の月高々と受精卵胎内深く妻に宿りぬ

大理石模様のなまず水槽の岩の影よりこちら見ている

生まれ出たその刹那より父母を知らぬいのちを水に養う

産まれ出た命よ秋の一日を世界の王となりて羽ばたけ

鳥類に産まれることもできたのだ我が子の背なの産毛に触れる

チュリップの球根ほどの手の中にやがて巨木となるための種子

やわらかき腕に触ればほの甘きパンを想えり焼きたてのパン

大いなる真冬の風よ凍りつく寒さを知らぬ我が子に吹くな

木を揺らし去りゆく冬の強き風プロペラの種運び来るべし

崩壊の音に飲まれて目覚めれば二十年（はたとせ）過ぎて子を抱いている

父親は真冬の寒さ　いつの日か乾いて海の向こうへ消える

寝たままの子を抱きながらひとひらの雲形成の原理を語る

天窓の向こうの雲と語る子の記憶もすぐに消えてゆく雲

身に合わぬ服を着せれば熱帯の小鳥の声で鳴きて喜ぶ

辞書になき言葉が日毎に増えゆきてちぎれて残る雲と語る子

知恵の実と呼ばれし林檎を焼きながら子が乳を飲む音を聞きをり

『遺伝子の舟』に寄す

田中教子

森垣岳さんにはじめてあったのは、十年以上も前のことである。彼は大学を卒業するすこし前の夏休み、若い世代を集めた会であったか、歌会に来た。もの静かで落ち着いた風情を見せながら、ひそかに落書きをしていた。その後も拙宅で書道会をした折、彼はやはり落書きをし、その後の歌会でもしばしば落書きをしていた。風刺漫画風のそれは、見事に人の特徴をとらえ、おもしろがった彼の友人が「見て見て森垣くんがね……」と言って取り上げようとし、揉み合っていた姿が昨日のことのように思い出される。

その森垣さんの歌に、

　画家となる夢も今更あきらめてウツボカズラに虫を喰わせる

という一首がある。彼は現在、農業高校の教師でバイオテクノロジーなどの植物分野を専門とする生物学者であり、昔から食虫植物に興味をもっていた。この歌のウツボカズラは言わばその代表格である。彼はここで「画家となる夢も……」と詠っているが、ある時期、本気で画家になりたいと思っていたのかもしれない。彼は落書きばかりでなく本格的な絵も描き、プロ顔負けの腕前である。世の植物学者たちが細密画を描くことも多く、森垣さんが絵を描くことは、さほど不思議なこととも思われない。ただ、どういうわけか彼が描くのは日本画である。岩彩ばかりか、金や銀の箔をおした背景に伝統的な月や舟などを配し、かたわらに、しのびやかに植物が生えている。どちらかというと、土佐派の源氏絵などを思わせる雅びである。その世界観のあらわれと見える歌が本集にある。

黒々と拡がる天上浮かびおる月に嫦娥(じょうが)の足音ひびく

ここに登場する月の仙女・嫦娥の伝説はもとは中国よりもたらされ、日本の古典にも引用されている。ここに森垣さんの古典世界への傾倒が垣間見える。彼が短歌をやっているのは、この日本画と同じく古典美にひかれるところがあるゆえかもしれない。

森垣さんの短歌は、当初は自然の草木を事実そのままに描き、情緒や言葉の角度に欠けるように見えたが、その視点の奥に、科学的美意識と稀代の「無心」が宿っていることに気づかされたのである。そこで特性を生かす方向へと水をむけると、歌は俄に清冽で勢のある不思議な光を発しはじめた。それは、ほかのだれにも真似のできるものではなかった。彼はその後、表現の多様を獲得しつつ今日に至っている。つぎのような歌がある。

産みたての朝の光を培養し夜毎グラスに入れて飲むべし

この「産みたての朝の光を培養し」とは、心のなかに光の組織を培養することであろう。つまり一日中働き、夜になると疲れてぐったりするので、朝のうちに新鮮で活力に満ちた光の組織をとりだして培養し、夜にグラスに入れて飲んだら、さぞかし疲れがとれて元気になれるのではなかろうか、という発想である。生来働き者の彼は、一日の終りには本当にくたくたになるため、こんな歌ができたのかもしれない。そして「培養」という科学用語への深い理解によってこれは生まれた一首と思われる。またほかにも、科学用語を使用した歌が目立つ。

エントロピーは我が内にあり肌寒き朝に緑茶を飲み込むところ

「エントロピー」とは、熱力学における不可逆性を特徴づけるものをいう。ここでは体温が急に下がったり上がったりするのはなぜだろう、という思いを「エントロピーは我が内にあり」としている。肌寒い朝、下がった体温を上げるために緑茶を飲むこと自体は、なんでもない行為である。だが、かのルードヴィッヒ・ボルツマンもエントロピーは分子や原子の「でたらめさの尺度」と言っているほど熱の高低の現象には不可解な面がある。

科学にて生まれしクローン夜桜の花びらを踏みてゆく月明かり

ソメイヨシノはクローンである。クローンというとなにかSFめいた実体のない影の様な存在を思うが、要はソメイヨシノが自然の状態では繁殖せず、人工的に接ぎ木などをして育てることをいうのだそうだ。ソメイヨシノは江戸時代の末の庭師が作ったらしく、科学といっても原始的な部類である。しかし、森垣さんはソメイヨシノを見るたびにクローンを強く感じるようだ。

　一モルの酸素を吸えば満たされて我も大気の一部と思う

一モルは標準状態の気体では、すべて二二・四ℓになる。人ひとりが一日に消費する酸素量は五〇〇ℓというから、一モルならおよそ一時間程度の量ということになる。或いは何度か深呼吸をしたら一モルくらいになるだろうか。酸素を体内に取り込んだらその体内が大気の一部になったような気がしたという。この壮大な感慨は、森垣さんならではのものである。

　こうした理科的な歌が彼の魅力であるが、人生の悲哀を詠んだものも多い。

高校教師としての森垣さんの歌をみると、

　採卵鶏のケージのごとし教師らが職員室に昼飯を喰う

と、殺伐な雰囲気に、一種逃れがたい「生」の宿命を感じさせるものがある。

また、生徒にたいしては、概して難物を描く傾向がある。

　高貴なる顔の女生徒平然と新雪白きレポートを出す

これは、白紙のレポートを提出した反抗的な態度の生徒を描いている。それは高貴な顔だちの美しい女生徒で、しかも平然としていたというからしまつがわるい。

また家族の歌も多いが、殊に父の再婚は彼にとってひとつの大事件であったようだ。

塩基配列のエラーもしくは新しき種の誕生としての再婚

これは、父君が三度目の再婚をされた際の歌である。「塩基配列」とは、DNAの遺伝情報の詳細である。塩基配列のエラーも、新しき種の誕生も、結局は同じことで、兎も角、それは驚きに満ちた不可解なできごとをさしている。例えば、環境破壊の結果生まれたまったく新しい植物に、従来の地球の植物が侵食されるかしれない、というほどの脅威に喩えた驚きの気持である。

そして、彼にとって幸福の象徴は妻である。

やわらかな妻の腕に触れる時「赤の女王仮説」を思う

一首は、結婚後の感慨であり、妻のやわらかな腕に触れるたびに、進化し続けなければならない自己の生命を実感している。おそらくは、しっかりものの夫人に感化されてのことだろう。「赤の女王仮説」は、生物学者リー・ヴァン・ヴェーレンが種の保存の為には進化しつづけるしかない、というもので、ルイス・キャロルの『不思議の国のアリス』に登場する女王のセリフがもとになっている。「赤の女王仮説」については森垣さんの「空想植物園」に詳細が書かれているので是非参照されたい。

また森垣さんは最近人の親となって、まだちいさな息子のなかに大いなる翼や夢を見ていることがある。

鳥類に産まれることもできたのだ我が子の背なの産毛に触れる

これは、生物の進化の過程でヒトとなった命の奇跡を思い、嬰児の背中の産毛を奇異なるものとして触れているのである。また、

チュリップの球根ほどの手の中にやがて巨木となるための種子

これは嬰児の手をチューリップの球根に比し、その手に巨木の種子をにぎっているという。巨木となってほしいという父親らしい願いである。

ところで、森垣さんに宿る「無心」について言及すれば、それは仏教語にちかく、雑念、欲心のきわめて少ない状態をさす。具体的にいうと、彼は地に足をつけた生活者であり、地道なこつこつとしたくらしのなかから珠玉の歌をつむぎだしている。それは一見なんでもないことのように思えるが、実はなかなかできることではない。多くの人は、先ずいかにして人より抜きん出ようか、特別な存在になろうかと考える。そうして才に迷い、欲望に沈む。特別になろうとすればするほど歌の神様はほほ笑まなくなる。つまりは無心をしらぬゆえにそうなるのである。だが無心にはなろうと思ってなれるものでもない。一般的には、不可抗力でなる。例えば、なんらかの理由で世を捨てて生きるしかないもの、あるいは命の際で余裕がなくなったものなど。もとよりこの無心を知っているものなどめったにいないのである。（もちろんただ無心であるだけでは役に立たない。それ以前に不断の努力の積み重ねも必要である）。その意味で森垣さんは希有な人である。そして古来、まことの花を開かせるのは、みな、この「無心」の持ち主であったように思う。

それからまた、もうひとつ、別の種類の「無心」が森垣さんの作品のなかにある。それは文芸的芸術観の雅びや情趣、つまり有心の逆をゆく言わば奇異なるものを意味する「無心」である。

嫌われる役に徹する潔さニシンの臭き缶詰を喰う

これは、ニシンの缶詰が臭うのだが、たべたい心理から「嫌われる役に徹する潔さ」と格好をつけてみているのである。（俺ってなんて潔いんだろう）というう、ぬけぬけとした呟きが聞こえて来そうだ。一首は滑稽なるところの「無心」であるが、「無心」とはこうした滑稽をのみいうものではない。

遺伝子の舟と呼ばれし肉体を今日も日暮れて湯船に浸す

これは本集の表題に関わる一首である。「遺伝子の舟」は英語では The Ark

of Gene、クローン製作の際の用語である。人体も遺伝子の入れ物のひとつであるが「舟」という訳語が文学的響きをもっているのは、文学と物理学がある時期近接的関係をもっていたなごりとおもわれる。この歌は、一見、単なる日常の入浴シーンに見えながら、「遺伝子の舟」という生命体としての自己確認に深い感銘がある。遺伝子は偶然の連鎖によって成立するものである。彼の遺伝子とて、古代民族のはるかな旅路の末にもたらされたもので、その後また何百世代も経過して奇跡的に今にある。そしてまた生命と水の関連、音韻上では「フネ」の同音によるレトリックによって、優れた作品となっている。しかしこれも雅びやおもむき深い情趣から言えば奇異なるものであり、「無心」なのである。

こうした歌が、雅びの逆をゆくという意味で「無心」であるとすると、「無心」に対峙する言葉は「有心」である。「有心」は、かの藤原定家が『毎月抄』に「ひとへに有心體をのみよむべしとおぼえて候」と、和歌の真の芸術観としたものであった。定家の「有心」は数百年におよんで芸術の高みであったが、型の芸術という弱点をつかれて、近代には廃れた。それを打ち砕いたとみられる「無心」は、前時代の概念を打ち砕き、今なお打ち砕きつづけている。驚くべきことに、それは時代にあわせて進化しつづけたかに見える面もある。とりわけ森垣さんの歌は、科学に弱いわが文系の観念を打ち砕く大いなる破壊力をもっている。思うに、彼こそは巨木となるための種子をその手ににぎって生まれて来た者に違いない。

二〇一五年十月

あとがき

下町出身の子どもにとって、昆虫図鑑に掲載されている虫のほとんどは幻の存在だった。学校の小さな庭園や給食室（調理の為の建物が校内にあった）の裏の水たまりに見られる生き物の種類は少なく単調だった。家族でキャンプに行った時は図鑑で予習していた「昆虫トラップ」を意気込んで仕掛けてみるが、所詮町の子どもが作った付け焼刃の罠に引っかかるほど野生の昆虫は甘くない。翌朝嬉々として見に行くと、ちょっと大きめのアリがいくらか引っかかっているだけの罠を父親と無言で回収し、静かにキャンプを終えた夏休みが僕の心の奥底にいくつも埋葬されている。

そんな経験を繰り返すうちに僕の大事に持っていた昆虫図鑑は少しずつ現実性を失っていった。

それでも図鑑の類は好きで、時間があれば明け暮れ眺めて過ごしていた。農業高校に通うようになると、さらにその傾向は顕著になってゆき、図書館で中世の博物画の本を発見したときはあまりの美しさに息を飲んだ。生き物が好きではあったが、豊かな自然環境のない場所で育った自分にとって「面白い図像全般」に対する興味の方が大きかった。

休日はボロボロの自転車であちこちに出かけて行って、面白いものを見つける時間に費やされていった。結果としてスタンダードな生き物好きに育つことはなかったが、面白いものを求めて走り回っていた学生時代が今の自分を形成する上で重要な要素になっていった。

大学を出てから細々と短歌を作るようになっていったが、文学青年ではなかったので短歌の会に参加すると、とにかく理解が追いつかずに困ることが多かった。

僕は「文学的基礎体力」と呼んでいるのだが、これをきちんと身につけている幼馴染の楠誓英は常に一歩先を歩いている憧れの存在だった。
いつも綺麗な直球を投げることのできる彼を眺めながら僕は自分なりにいびつな直球を投げていた。そんなある日、田中教子さんに「自分の味を殺してしまう練習ほど無駄なものはない」と指摘されてしまった。
農学出身で農業の教員として勤めている僕にとっては、そういうバックボーンこそが最大の強みであることに改めて気づかされた。さらに基礎体力がないことに開き直って他人が入りようのないフィールドで自由にしていればいいことに気付いてから随分楽になったように思う。
当然ながら「自らを素直に表現すること」はブレてはならないが、子どもの頃からの性分として「面白いもの」に執着するスタイルはこれからも変わらないだろうし、そういうものを多くの人と共有して楽しみたいという気持ちはまだまだ消えることなく熱源の一つとしてくすぶり続けるだろう。

最後になりましたが、短歌を始めた頃から田中教子さんには本当にお世話になりました。田中さんの適切な指導なくして森垣岳という人間はありえません。そして、喜多弘樹さん始めヤママユの多くの方々は入会間もないにもかかわらず暖かく気さくに接していただき本当にありがとうございます。常磐井先生やアララギ派の先輩歌人の皆様には初学の頃より学びの機会を与えていただき感謝申し上げます。

第二回現代短歌社賞に選んでいただいた審査員の先生方や現代短歌社の皆さんにも本当にお世話になりました。改めて感謝いたします。

そして、心身共に僕を支えてくれている妻と一歳の誕生日を迎えた長男に感謝の気持ちを述べてあとがきの結びとさせていただきます。

ありがとう！

平成二十七年十月　吉日

森　垣　岳

歌集　遺伝子の舟

平成28年３月30日　発行

著　者　森　垣　　岳

〒679-0212 兵庫県加東市下滝野1-147 1-102

発行人　道　具　武　志

印　刷　㈱キャップス

発行所　現代短歌社

〒113-0033 東京都文京区本郷1-35-26
振替口座　00160-5-290969
電　話　03（5804）7100

定価2000円（本体1852円＋税）
ISBN978-4-86534-153-9 C0092 ¥1852E